KB064391

돌모루 구렁이가 우는 날에는

b판시선 029

윤일균 시집

돌모루 구렁이가 우는 날에는

도서출판 b

오던 길 돌아본다.
남은 건
다양한 모양의 상처뿐이다.
오지게 아문 상처 중에
몇은
나름 시詩다.

나는 빈 마음으로
곳곳
죽어서도 아물지 못할 상처에서 흐르는 진물을 닦아내며
그 위에 '축복'이라고 썼다.

시집 속에 접힌
턱없는 나의 사랑에
단 한 사람
누군가에게 위로가 된다면
그러면 되었다.

| 차 례 |

제1부

망중한 忙中閑

밖은 꽃샘

어디서 태어났을까
이름 또한 무엇인지 모르는
개미 닮은 생명 하나
훤한 저녁 밥상머리에 앉더니

게사니 헤매듯
순간
쉼도 없이
도대체 무슨 의미일까
동이 트도록 갔다가 왔다가

쉬어다오, 잠시 와다오

세월은 경칩

꽃무덤

마음 머무는 곳에 네가 있었다
발길 닿는 곳에 네가 있었다
가슴 메말라 구적처럼 길거리에서 부스러지면
그곳에 너는 있었다

나를 일으키던 너 간 곳 몰라
세상 어딘가 있을 거라고 빈 들을 헤매다가
그윽한 향기 있어 보니
거기에서 울고 있었다
제비꽃 촘촘히 핀 나의 꽃무덤에서

아람을 기다리는 아이

양달쪽 밤나무 가지
아람 한 송이 벌어진 개울가에
아이가 쪼그리고 앉아
고슴도치를 바라보고 있다

고슴도치가 꿈틀대면
아이는 좋아라
더,더,더
마음 조이고
다시 오므리면
시무루룩

두 알일까?
회오리밤일까?
고슴도치 영락없이 밤송이 되었네

전복죽을 먹다가

그날 아침도 나물죽 먹었어요
죽이 싫다고 국물만 뜨다 갔어요
빈 도시락 책보에 싸가지고요

누나의 점심시간은요
빈 도시락 들고 뒷산에 올라
나뭇가지 꺾어 젓가락 만들어
밥 먹는 시늉하다 내려 왔노라
일기장에 울면서 써놓은 것을
누나 천당 가던 날 알았어요

꿀꿀이죽 도시락에 배급 받아서
제 몫으로 하지 못하고
가슴에 품고 왔어요

가재를 살려야 한다

뉴스는 말한다
기찻길 옆 작은 도랑에 가재가 산다 서울에,

군자교 아래 중랑천은 버들치 알 까고
청계천은 연어가 산란하러 떼 지어 온다는 말이어서
차마, 믿을 수 없는데
年年이 가재를 본 역무원 손이 간 곳에
가재들의 도랑은 연연戀戀하다
노량한 앞걸음
비호같은 뒷걸음

도심 하늘 짙은 매연, 높은 마천루는
생명의 산으로, 나무로, 하늘로 변환되어
강변북로는 니일니일 가재들의 가장행렬 중
자연은 때마침 칠월의 진진초록
사람들은 저마다 가슴에
서울은 지금 희망색이라 쓰고
가로수 되어 거리마다 부푼 꽃 피운다

가재가 많이 살아 가좌동이라 불린다는
기찻길 옆 작은 도랑, 어쩜 그곳에
샘물이 솟아오르는 용천수, 정녕 거기에
산소酸素성姓의 가재는 똥을 싸고
희망이란 이름의 가재는 오줌을 싸니
밤마다 온몸을 빨간 빛으로 서울을 밝힌다

어느 날 가재 사는
기찻길 옆 작은 도랑에 공굴다리가 덮인다
사람들은 숨이 막히고, 칠흑처럼 어둔 밤이 되어
다들 죽어가는데 너의 서울은,
공굴다리 위엔 몇 대의 차만 서 있다

청미천에서

예서 속 깊은 가을의 소리를 듣는다
개개비도 떠난 들녘
오랜 벗 같은 사람 하나
기울어진 농가 앞을 저물도록 서성거린다
고봉밥 먹여주던 큰 들 지나서
일백육십 리 물길 아프게 굽이쳐 흘러 남한강에 이르도록
네가 키운 건 돌붕어 모래무지 메기만이 아니다
말하자면 청춘의 재 너머
기약 없이 흔들리는 시대의 물빛으로 너는
금모래 언덕 남한강 갈대들을
품마다 온종일 끌어안고서 앓다 만 감나무처럼 서있다
애써, 벗 같은 사람 하나 이 가을을 뒤척인다
때론 남겨진 상처들을 빗금처럼 바라본다
들국처럼 고요히 미소 짓다가 혹은 물빛으로 반짝이다가
엎어져 금모래 빛 유년의 강가에서 노니는 꿈을 마신다
합수머리 모래언덕
고개 숙인 갈대 모가지에 옛 그림자가 머물다 가고
동부레기 울음이 한참을 허공을 맴돌다 간다

내 아비의 탯줄은 아직도 예서 머물고 있는가

먹빛 그림자 어두운 빈자리

납작 엎드린 농가에서 달려 나오는 홀아비 삼촌의 해수기침
소리

그 밤, 다시 뜬소문처럼 찾아들 때

흰 가루약으로 하얗게 부서져 흐르는

여주 점동면 도리마을 청미천가에서

나는

아직껏 돌아오지 않는

그 사람을 기다리고 있을 뿐이다

여기는 러시아 몽골타운

잃어버린 품목을 묻던 경찰은
불법체류 외국인 노동자 짓이라고 단정했다
대낮에 부식창고가 털린 골목 식당 쥔은
원래도 납작한 코 호물 주저앉더란다
감식을 종용하는 경찰을 보낸 다음에야
찔레순 올방개 칡뿌리 찾아 헤매던
하굣길의 허기가 몰려왔다
집 떠나 올 때의 꿈은 녹슨 어레미 구멍들,
곰삭아 내린 삭신에 매서운 바람이 불어
뼈 마디마디 시린 그들의 한숨이
긴 골목을 통째로 배기한다

나는 견딜 수 없는 허기에 침을 삼켰다
주인 잃은 고비사막의 낙타가
마두금 연주에 흘린 눈물로 씻긴 쌀이
식당 바닥에서 뜸이 들고
그 와중에 마신 소주병엔
다시 오마 눈물로 떠난 국적 없이 표류하는

타슈켄트의 고려인 3세 스웨탈라나와

그녀를 기다리는 어린 자식들이 웅크려 울고 있었다

구멍 난 날계란 껍질 속으로 서토의 황사가 날름댄다

잊고 있던 배설물 냄새가 진동했다

헛배가 불러왔다

대추리 아리랑

폭격기가 빈 하늘을 찢습니다
천지간 쏟아지는 굉음에
혼을 잃은 지 오래
진위천 황구지천은 바다에 닿아
사람들 가슴속 종양으로 가득한데
야수의 눈빛
저 굴욕의 눈빛

철책은 언제나
바로 저기, 그대로인데
진창 뻘밭
어깨뼈 주저앉도록 지게질로 이룬 들판
저 노동의 땅은 삽과 곡괭이의 어머니
두 눈 부릅뜬 자식 앞에서
어머니의 자궁을 내어놓으라 한다

억만 년을 살아야 할 환희의 벌판을
전쟁기지로 쓰겠다 심장을 옥죄어 오는데

버들붕어, 버들치 한가롭고
새참 들고 텃논에 못줄 띄우던
철책 너머 옛집마저 그립거늘, 오늘 대추리는
평택호 물풀에는
토종고기 사냥하는 블루길이 휘젓고
황소개구리 커다란 입이 대지를 삼킨다

무지 無知

먼지 풀풀 날리는 살곶이공원 옆
사월의 메마른 청계천 하류에
중랑천 물이 스며든다

수초 한 포기
끄트럭 하나 없는 바다
산란처 찾지 못하는 물고기
저리도 방황한다

산란하면 방사하고
온종일
온밤
몇 낮밤을
구물구물
출렁출렁
정신 놓는데

저것 좀 보소

저, 저, 포클레인

가을

지천으로 널린 터질 듯한 만삭의 몸
칠렐레팔렐레 뛰는
살 오른 가을 한 자락

통배추 속 고갱이에 깊이 저며
짠지광 엿 말가웃 항아리에 묻어두면
청국장
짠짓국
김치볶음밥

어머니의 이불

어머니 시집올 때 해오신
젖국같이 곰삭은 솜이불 한 채
만지면 부서지는 솜을 틀어서
홑이불 시처
보자기에 곱게 잡아매어 두고
잦은 이사 때마다 먼저 챙기시더니
비좁은 지하방으로 이사하던 추운 날
성진아 성자야 아가야 아가야 아가야
이불 버리시다가 목 놓으셨다
먼저 간 다섯 자식
이불 하나에 품고 사시던

나 발과 저 애 손이 마음 너에게

저 애가 무엇을 잘못 만지였드냐
나는 지금 어데쯤 서 있느냐
너는 너무 힘들어하지 말아라
생각은 네 운명이라지만
내겐 외딴 절벽을 게걸음치라 하며
저 애는 돌작밭을 헤매라 했다
너의 구구니니한 결정에
우린 시린 길로 쫓기어 구정물이라 불리는 삶이다
외로워하여도
쓸쓸해하여도 말아라
네가 오히려 정점으로 여기면
우리에겐 더욱 고통이었으나
빈 마음으로 달려간 내 위에서
저 애는 살가운 춤을 추었고
네가 부지런을 떠는 날이면
우리는 갈라진 뒤꿈치
찢어진 손가락 사이로 저며 오는 소금기의
쓰라림마저도 차라리 행복이었다

힘들어 넘어지면 어찌하겠느냐

이제 우리가 비영비영하면

너라도 말똥말똥해야 하지 않겠느냐

꽃밥

말복 되도록 이슬로 연명하는 잡초
여전한 마른장마
해 뜨자 숨 턱턱 막히는 또 하루
밥 푼다
몽골인 고려인 러시아인 서성대는
궁핍한 거리에서
한두 끼 허기 달래기도 버거운
눈빛들 서성이는 거리에서
땀 젖은 밥을 푼다
힘 부쳐 웅크린 자리마다
허방의 눈빛
그 눈빛으로 꾸욱 눌러
맨 처음 푼
꽃밥
아랫목 이불에 묻던 아버지의 진지
그 마음으로
허방의 눈빛 이름으로
연달아 몇 그릇

아예

젖혀도 보는

저 사람

싸맨 값

점잖은 회식자리도 빈 술병 늘면
속엣말 눈치껏 비질비질 새는 법

15만원 하는 물 좋은 안마시술소가 단골이라는 전무
메이커 양복값이라는 구두를 내보이며 스포츠 마사지도
그 못지않다는 부장
찜질방으로 퇴근하는 대리
목욕탕 요금조차 모르는 중년의 변두리 사내

저마다의 처지에서
입장을 싸매고
눈치를 싸매고
깊은 밤을 싸맬 때
멀뚱, 나는 내 몸의 싸맨 값을 정산해 본다
이발비 5천원
운동화 5천원
양말 5백원
팬티 2천원

벨트 4천원

동대문운동장역 12번 출구 길거리표 면티 3천원

장당 13,266…원짜리 홈쇼핑표 잭필드 바지

끼고 차고 바른 것 없으니

굳이 값을 논하자면 32,766…원

아하!

당신이 들여준 엄지손톱 봉숭화 물값?

홀씨

태풍 지난 바닷가, 돌풍 휘돌아간 들대, 대설 내린 솔산,
큰물 난 산허리, 시멘트 금 간 고가도로, 주인 떠난 초가지붕,
핏기 가신 노인이 누운 묵은 양로원 창틀

세상 외로운 곳
바람의 자식들이 몰려와서
밟히고
뽑히고
뜯겨도
기어코 뿌리내리고
희망을 심는

구부러진 홀씨 하나
불 꺼진 골목에서 폐지를 줍는다
구겨진 상자 안으로 뿌리를 내린다

세상에!

    밀리는 톨게이트에서 잠시 딴전을 피우다 앞차와 추돌을 하였다. 급히 내려 "제가 딴생각을 하다가 선생님 차를… 보기에는 괜찮은 것 같은데 차후라도 이상이 있으면 연락 주세요" 명함 내미니, 확인도 않은 채 싱긋 웃고 간 그 사내, 동네가 갑자기 환해지던 어느 날 그 사람을 보았네. 밤새 순찰 돌던 우리 동네 파출소장님.

어느 낮 뜨거운 날의 상념

파리에 달라붙은 개미
맥없이 손가락으로 개미를 비빈다

부슬비 오는 마당을 지렁이가 기어간다
맥없이 구둣발로 지렁이를 밟는다

이슬에 젖은 쌀잠자리 꼬리를 잘라
맥없이 시집을 보낸다

살다가 보니 살다가 보니
이 땅에 내가
개미요
지렁이요
잠자리인 것을

집개미 무리 지어 꿀병을 넘나들고
지렁이 어린 동생 고추 끝을 쏜대도
잠자리동동 파리동동 날아들어도

36

너희들이 나인 것을
내가 너희들인 것을

제2부

그래도, 그 사람이 보고 싶다

노다지다방에 민 양
낮에는 애비에게 차를 팔고
밤에는 애비의 자식에게 티켓을 팔았다
노래방에서 악을 쓰는가 싶더니
어느새
영춘옥에서 토끼탕을 먹으며 꿩의 소리를 지른다
코르셋, 복대를 누르고
선술집 젓가락 장단에 팔삭둥이를 낳은 민 양은
분명치 않은 애비를 근심타가
낮日 밤月 없던 시간 돌아보며
明이라 성을 붙이는데
아기는 성대로 밤낮없이 울었다

핏덩이 물속에 던지며
새벽이여!
호수여!
하늘이여!
입 닫으소서 뒷걸음질에

가물치가 뛰고
황소개구리는 으왱으왱 울었다

(그 사람이 보고 싶다)

마이크를 잡은 여인은
이십 년도 전에 노다지다방
그래, 민 양이다
화면 이름 明자 선명하다
수양아버지 용왕의 손에는
용궁에 입적하던 날의 사진과 기록
가물치와 황소개구리의 진술 상세하다
전국에서 전화가 빗발친다

모두가 애비다

날개

아버지는 수족이 부지런하면
언젠가는 날개가 돋을 거라고 말씀하셨다

쉬지 않고 파닥거린 날개 자리는
상처가 가시지 않았으며
뭉툭하니 굳은살 지고 저렸다
삭신 마디마디 시린 날이 늘어갔다
하물며 날마다 으슬으슬 앓았다

불가물 먼지밭에 모종콩처럼
생기조차 이내 늘어졌다
부정한 소문은 무시로
돌풍이었다가
폭풍이었다가
끝내는 광풍으로 몰아쳐와
습한 골짜기의 낡은 지붕을 압축하면
곰팡골 사람들은 된숨을 몰아쉬었다
새는 슬픔을 노래할 뿐

까치는 짖어도 손님은 오지 않고
바람에라도 묻어온 소문은 멀리서도 역겨웠다

여름밤 이야기

고향집 앞 우물가
향나무 너머 개울엔
밤이면 물 끼얹는 엄니가 있다
재산이라
자르지 못한 긴 머리
애벌 두벌 감아내리는 엄니가 있다
히야히야 물 끼얹는 엄니가 있다
앙당그리며 물 끼얹는 엄니가 있다
시시로 물리던 젖가슴 부끄러워
싸한 달빛 돌아앉은 여인이 있다

고향집 앞 우물가
향나무 너머 개울엔
별 헤이며 망을 보는 아비가 있다
히야히야 물소리에 소름 돋고
곰탁곰탁 물소리에 마음 설레어
가슴 얼어붙은 아비가 있다
싸한 비누 냄새 온몸이 아려

남근으로 굳어버린 사내가 있다
석 달 만에 돌아온 아비가 있다

소나기

먹구름이 수정산 허리를 감싸 돌면
돌모루 바위 속 구렁이가 울었다

구렁이가 우는 날에는
넙티로 소 뜯기러 간 밤나무 집 늦둥이
피사리하던 학자골 방앗간 집 쌍둥이
소리개서 따비 풀던 회관 집 막둥이
느티나무 밑에서 멍석 짜던 재간둥이
마을 오둥이가 동이동이 뛴다

한질금 소나기가 돌모루 지날 때
추녀 끝 낙수로 물장난하면
물사마귀 난다고 역정 내시며
옹색한 마루에서 참빗질하던 엄니
훑어 내린 서캐만 눌러 터치다
부엌 담 황토흙을 뜯어 먹는다

집 나간 아비는 오지 않고

비에 씻겨 더 까만 까마귀 떼만
지붕 위로 까옥거릴 때
엄니는 입안 가득한 흙 찌끼를
까마귀 지나간 하늘 향해 흩뿌린다

돌모루 구렁이가 우는 날에는

길수 아비

오리나무 배미 고구마밭 아래
덩굴 걸어 어설피 가린 고추
양손엔 고추만한 증거물 들려
동무들 줄줄이 새끼줄에 엮는다

도도한 길수 아비 읍내로 간다
꾸러미줄 잡아끌어 지서로 간다
징역살이 시킨다고 겁주며 간다
별 달면 장군 된다 놀리며 간다
동무들 눈물 콧물 뽑으며 간다
가다가 개울에서 딴전을 핀다
물속에 발 담그고 코도 풀면서
동무들 도망가라 딴전을 핀다
내빼는 아이들 발걸음보다
껍질 덮인 고추가 앞장서 간다
쪼그라든 새알집이 따라서 간다
디앙그랑 비앙그랑 방울 울리며
논길 밭길 정신없이 뛰어서 간다

48

길수 아비 묻히던 날 모인 동무들
물속에 발 담그고 코도 풀면서
어릴 적 길수 아비 그리며 간다

따깨*

배가 고파 종기 달았나
종기 달아 배가 고팠나

왼 다래끼 형아
오른 다래끼 누이

깨진 사발 엎어서
싸리문 앞 개울 다리 위에 솥을 걸었다

지나다 솥단지 차는 사람아
내 종기를 가져가다오

눈꼽재기창으로 내다보는데
할머니 다리턱에 걸려 넘어지고

할머니 일으키던 형아와 누이
솥단지 걷어차고 따깨 되었네

* 다래끼를 잘못 짜서 흉터가 남은 눈을 놀리는 용인지방 사투리.

짝사랑

고 가시내
앉은방아 빨래한 뒤로
내 마음
하루하루 애간장 녹는데

지금 가시내는
엉덩이처럼 희멀건 바가지로
달여울물 끼얹는 소리 한창
속옷은 버들가지 위에서 별나게 흰 밤
가시내는 물소리로만 오네

손안에 바가지는
무슨 복이 저리 많길래
개울물에 물고기는
무슨 복이 저리 많길래

빨래

들몰, 자그마한 빨래터엔
샘바다가 여흘여흘
난봉질한 서방 속옷
뒤집어 입고 들어온 날을 옴씹으며
첨첨첨첨 비누 빨래를 한다
몇 날 밤을 곯은 속앓이던가
빨래방망이 소리는 한풀이 되어
천둥번개가 되고
거먹구름이 되고
비가 되어
사랑방 가마솥에 쇠죽 끓이는
웬수 서방 귓전을 때린다
아즈매 콧구멍엔 쇠죽김이 풀풀 솟고

땜장이

지난 장에 때운 노랑 뚝 고무신
한 장도 안 지나서 구멍이 났네

고무풀이 아까워서 칠을 덜했나
땜 기계가 덜 더워서 붙다 말았나

기다란 돌멩이 종이에 싸서
짚으로 질끈 동여 물에 담가서

땜장이 지날 때 길목에 놓는다
간수일까 생선일까 궁금하겠지

신작로 돌아서서 풀어보다가
마을을 쳐다보고 주먹욕 한다

낮잠

빤한 동네에 도둑이 들었다고
자린고비 승렬이네 개 판 돈이 없어졌다고
어스렁이* 똥에 놀라 깨니
내 신발도 가져다 찍힌 발자국에 대보고
심증 가는 아이들 몇 채근하더니
순하디 착한 명호가 도둑이란다

이발쟁이 애비는 피를 토하다 공동묘지 중뜸에 묻히고
이발소 드나들던 놈팡이 따라 의붓어미도 떠난 뒤
쪼르륵 배를 달고 살아
별명도 쪼르륵,
땡중 살풀이 밥도 마다않던
어린 것을 빨가숭이로 칭칭 삥삥 묶어서
온 동네를 돌림방시키는데

어랍쇼!
개울 섶에 숨은 승렬이 손에
단팥빵 들렸네

풍선껌 씹고 있네.

* 밤나무벌레.

젊은 아낙

고추장수 험상궂은 얼굴에
신소리꾼 이장도 대구 한마디 못하고
방 하나 대뜸 내준다
아니다
어린 아낙에게 마음 홀렸다

칼자국 길게 성긴
괴기 같은 눈빛으로
걸핏하면 동네를 휘저어 진탕치는 그에게
낙수 씨 벼름벼름 벼르더니
왕배덕배* 하다가는
뒤통수 한 방에 개눈알 튀어나왔다

고추장수 우악한 손에 수갑 찬다
어양쓰던 젊은 아낙은
신소리꾼 이장에게 무슨 쏭쏭이**로
썰레를 놓아***주기만 하면 아까울 게 무어냐
알땀 이마로 눈 연방 찡긋

다 준단다.

57

촌사람

불쑥 마을에 나타나
동구 밖 논가에 빠진 차
건져만 주시면 서운치 않은 사례를 하겠다기에
막걸리나 두어 되 사시구려
사랑방 김가 문가 황가 모두 나선다
실겅 위에 아끼던 널판 내리고
여물거리 짚단 지게에 넉넉히 지고
헌 멍석 둘둘 말아 연장창고 삽자루 둘러멘다

헛바퀴질 흙물 솜바지 저고리에 줄줄 흘러도
대폿잔 걸칠 기운인들 아까우랴
앞산 솔가리 갈퀴질하는 나무꾼
지나던 우체부도 끙 힘을 더하니
제 길 찾은 이방인 인사도 없이
운전대 잡은 채로 줄행랑이다
참으로 고얀 놈이로다

오늘도 동구 밖 차가 빠지면 혹여나

그놈일라구야 갸웃할 뿐
실경 위 널판 내리고
여물거리 짚단 짊어지고
연장창고 삽자루 둘러메는
우리는 촌사람

기네미

뒷통고리 돌아가는 황톳길
땜장이 자전거 자국 따라가면
건지산이 소학산을 사랑하여 흘린 눈물로 솟는다는
샘, 거기에 가재들의 나라 기네미 있다

새암 집, 어여쁜 달영이
아랫마을 콩쿠르대회 구경 간 날
소문으로 듣던 도시 사내에게
샘 같은 영혼 감전되어 참깨밭 이랑에 누웠다
한 송이
참깨알만큼 자식 낳는 꿈을 꾸었다

달영이 무자식으로 늙어 돌아온 기네미
가재도 옆새우도 간데없다

뜸부기 울면

간밤 꿈에 뜸부기가
자울자울 목이 메었어요
일산봉 골짜구니도 따라 울었어요
걸음마다 개구리, 메뚜기, 무자수 놀라 뛰는 논뚝
고랑고랑 옹무 잘도 피해
앙개울 쩌러렁 울었어요
우리 동네 뜸부기 다시 울고
물고랑 버들붕어 혼인색 옷 갈아입으면
논바닥 그득한 올방개 주우러 누이 오고
누이 따라 한양 가던 그 사내도
지천인 미꾸리 잡으러 돌아오겠지
똥방개 날리러 돌아오겠지

쌀밥

참나무 장작 여남은 짐 해주는 약조로
돌반지기 한 말을 돌려 먹는다

가마솥은 온통 보리밥
보리밥 가운데 개떡만한 크기의 호박잎
호박잎 들어내니 쑥떡만한 쌀밥이 숨어 있다

할머니 아버지 사발밥 푸고 나면
식구들은 쌀밥 냄새만 풍기는 온통 보리밥

잎에 붙은 쌀밥알 먹으려고
호박잎 몇 잎 사발에 얹은 막내
상 밑엔 슬쩍 내려놓은 호박잎

불혹의 情

잠결에 아내는 이불을 펄럭인다
창문으로 날아가는 모기
금붕어의 급한 자맥질은
소리 때문일지
냄새 때문일지
형광등은 때맞추어 저리 깜박이는지
실눈을 하고는 멋쩍은 웃음 짓는다

아내의 밉지 않은 소리는
이 밤 내 심심치 않고

감잎 추억

우리 동네 깜상
(미원)면의 가수 오(흥분) 화이팅

한가위 노래자랑 열리던 그해
판탈롱바지 입고 다리에 힘주던
대가리에 피도 안 마른 놈들
미원 얻어가며 하던 말
'콜라에 섞으면 흥분제 된다'
병희 옥분이 주옥이 꼬신다던

어른들한테 쫓겨 오는 길
미원 탄 콜라
뭔 맛일까 뭔 맛일까 나누어 마시고
밤새도록 고생하던
까까머리 친구들은 어디에

문 밖엔
감꽃 피는 소리만

감잎 지는 소리만

가설극장 가는 길

수정산 멍석바위 위로 누운
고단한 노을도 지고
세상은 어둑발 어둑어둑 내리는데
스피커에서 흘러나온 유행가는
늘어진 레코드판처럼
마파람에 질질 끊어질 듯 이어지고
가두방송으로 시작된 울렁증
마음은 벌써 뛰고 날아갈 듯

길섶에 한껏 쏟아진 개똥벌레, 그 불빛
이마에 떠억 붙이고 걷는 걸음들
물방개 물큰한 비린내도 스치고
감자 삭히는 내음새 후욱, 폐부를 찌르고

모랫길 지날 땐 풀 먹인 광목 치마
고무신에 스치는 소리 사각사각
물꼬 송사리 튀는 소리 잠방잠방
상사병 앓던 처녀가 죽어서 타던 상여, 그

곳집 앞 지날 땐 걸음들 빨라지고

공동묘지 돌아갈 땐 부엉이 울어
여우가 도섭을 하여 무덤 흙을
뿌릴 거란 말을 누군가 하면
이내 까르르 웃다가 뚝 그친 적막
누가 밟았을까
비단벌레향 질펀하다

성한 발을 물에 담그어 바른 걸음질하면서
언제까지나 개울이었으면 하던 그 밤

배개미 아리랑

물은 깊어진 겨울 속에서
시절을 운다
여울을 통곡하며 여흘여흘
밤으로 큰 울음 운다

강 밑
차가운 아픔 밀어 올려
울음 우는 겨울 강가에 서면
들이 토해낸 물은
깊은 수렁이 된 농부의 시름 깊은 밤
쩡쩡 울음 운다

서울 길 좌전 고개, 수정산의 무너진 절터, 건지산 실골짝의
가재,
소학산의 금전굴, 똥산 물받이 백금전, 붓당골 쓰레산,
두무산의 어린 솔, 구봉산 아래 밤디 숙이네, 비두봉 아이들
의 어리광이

봉우리마다 골짝을 흘러
뚝방 감아 도는 청미천에 서면
아버지의 눈물 백금전 벌건 물 따라
큰 들은 울어
아라리요 아리랑 대책 없이 흐른다

제3부

답장

가만히 생각해보면
당신을 처음 본 순간이
가장 큰 행복이었으니
그 순간은
우리가 서로 아는 것
바라는 것도 없는

놀람이었으니
연초록이었으니

또 몇 번을
새가 둥지를 틀어 새끼를 치는 동안
오늘도 편지를 쓰고
마음은 당신 향한 고통으로 짓물러
내면 깊은 골짝으로 피고름 젖는데

많이 보고 싶어요
당신의 짧은 답장에

해 질 녘 뜸부기 같은 울음 삼킵니다

전설 속으로 접동새는 운다

小여울에 버들치, 쌀미꾸리, 둠벙 버들붕어여!

한낮 날벌레인 팥뚜기여! 콩중이여!

날벌레 좋아라, 하늘 밀밭 홍얼이 노고지리여!

해 진다 속울음 슬프던 뜸부기여!

그 소리에 우박처럼 쏟아지던 개구리여!

초가집으로 맨 먼저 강남을 물어 나르던 제비여!

낮부터 애절한 접동아!

너마저 전설일까 두려운 이 밤

그믐달

할머니 시집올 때 해오신 반닫이 손잡이

자루 반질거리는 할아버지 깔딱조선낫

틀니 끼울 수 없는 아버지 잇몸

빈 지게 지고서야 펴지는 엄니 허리

우주를 매단 손잡이

이내 굳은 아내의 속마음

눈 오는 날

안개꽃 눈이 오는 날은
나일론양말 밖으로 비어진 발가락처럼
아린 마음으로 사람을 그립게 한다
인생의 길목에서 각인된 사람들
내가 그러하듯이
가려운 귀를 후비며
눈 속에 서서
내 이야기할지도 모를 사람들
어느덧
이름 하나하나에 슬픔과 추억은 범벅으로
바람이 되어 논두렁을 따라 흐른다
비비하게 눈은 내리는데
노랑턱멧새는 몽당솔 아래를 헤집고
동박새 무리는 다박솔 방울에 부리질한다
세상은 눈이 쌓여 점점 환해지지만
새는 서러워 슬픔을 우짖는구나
눈은 내리고
눈은 내리고

뒤바람 타고 날린 눈은
스름스름 실개천을 메운다

바다 남한산성을 오르다

다리 아래 곳곳에는
야영객들이 자유롭게 여름을 이겨내고 있는
냇물 한편,
오십대 중반의 부부가
피서객의 시선을 온몸으로 받고 있다.
분홍색 검정물방울 무늬의 비키니 수영복을 입고
폐필름 리본의 밀짚모자를 삐뚜름히 쓴 여자는 손을 적셔
가슴을 문지르다가 진저리 친다.
세월의 더께 뭉청 털린다.
모양새를 지켜보던 사내는 하회탈,
근동에 산다는 부부에게
세상은 물방울 수만큼이나 구부려져
30년 만에 첫 나들이를 와서
아내가 오매불망하던
바다를 옮기느라 용을 쓰고 있는 것이다.
이야기를 전해들은 주변은
순식간에 바다가 되었다.
봇물길을 틀어막자

물결이 넘실거리며 파도가 인다.
아이들은 멀리 고래를 만나러 가는 꿈으로 물장구를 치고
이웃들은 사내에게 술을 따른다.
그제야 웃음 진 여인의 눈가에 바다가 남실댄다.
평생 이곳에서 커피장사를 한다는 아주머니는
갈매기 날고 야자수 시퍼런 리어카 파라솔을 뽑아서
부부의 돗자리 주변 물자리 좋은 곳에 깊이 심는다.
순식간에 뿌리가 내리고 잎이 피어난다.

오! 바다 남한산성을 오르다.

어머니
— 나눔의 집에서

당신께
차마, 송구스러워
불효자로 여기 섭니다

그때에,
다잡은 마음으로 실바람 부여잡고
숨죽여 부른 조국 뭐라 대답했다 하셨나요

짐승조차 죽는 순간까지
제 새끼 가슴으로 그러모으는데
그 처절한 세월 혼신으로 간구한
민둥산 민둥머리 민둥젖가슴의 민둥 내 조국
한줌 메아리 들려주지 못했다 하셨지요

결단코,
왜놈의 석고대죄
석삼년을 열 번이라도 받으셔야지요

그런데요 어머니
이젠 못난 조국의 이름 불러보십시오
찰가래 끓는 조국의 숨 가쁜 헐떡임
어머니의 따스한 손길로 보듬어주십시오

그때에 어머니를 모른다 한 조국
지구촌 자본의 수챗구멍
어둔 수렁에서 혼신으로 절규하는 자식들에게
썩은 동아줄 한 줄 내리지 못하는
민둥산 민둥머리 민둥젖가슴의 민둥 내 조국

그 맨 앞 깃발 위
숭고한 등불 밝히소서

암요 그러믄요

통일 시화전이 열리는 인사동 공화랑
백석의 여승女僧과 적경寂境

순결한 통일의 숨결 벅찬데
배나무 가지에 까치로 참석한 백석

고은 시인 인사말에
암요

김규동 시인의 통일 갈망에
그러믄요

임헌영 백기완 박석무 일갈마다
암요 그러믄요
그러믄요 암요
깍깍깍깍

통일은 아가의 해맑은 얼굴처럼 다가올 거라는

김준태 시인의 말 있기 무섭게

암요 그러믄요

깍깍깍

깊은 골목을 짖는다

통일을 짖는다

야생초

— 김이하 시인께

형!
별안간 떠난다는 소식에
가슴 먹먹하고 저려옵니다
형이 또 다른 나였군요
시멘트에 뿌리내리지 못하고 내팽개쳐진 혹독한 세월
뜻 모르게 의지가 되던 당신
가슴속에 냉골 하나씩 묻어둔 동질감
바닥까지 낮아진 우리에게 세상은 아예
흐무러져 땅속으로 스며 없는 듯 살라니
그러나
그것이 어디 무너짐입니까 스밈입니까
밟히고 으깨어져 볼품없고 초라하지만
낮고 더 낮아서 약이 된
질경이 냉이 민들레…
하 많은 들풀 들꽃

형!
살아도 살아내도 생경하다 못해 아득한 도시에서

흙으로 이식을 하신다니
편한 마음의 마침표를 찍습니다
흙이란 거룩한 이름으로 온전만 하다면
박토인들
돌작밭인들

2월의 강

갈대숲 하늘을 삿대질하는 버즘 품은 들녘
습지를 가로지른 낡은 다리 방황하는
사내의 걸음마다 웃자란 물그림자
버즘의 정수리를 묽는다

어떤 이는
줄보증 선 사내가 강으로 간다
혹자는
시인의 참담한 몸부림이라 수군댄다

까막까치 얼어 죽은 2월의 마른 섶을 본다
지난날의 숨은 겨울을
모른다 모르오 모르는 일이오
세 번을
수없이 부인했다

그러나 한나절 만에 빛바래
습지 지나고 갈대밭 지나

뚝 너머 강에는 무엇이 일렁이는가
산발된 빈 둥지만이 찰랑이는가

강이 켜는 봄의 소리만
아득하다

덧정

서른 넘으며 냉수 물고 세우던 숱한 밤
치통으로 시린 그림자 안은 채
가으내 주워 들인 상수리 서너 말
일흔 넘은 나이에 몇 개 남은 어금니로
내내 까고 계신 엄니

가슴 저며 모아둔 백여만 원 월세 걱정할 때마다
찾아 쓰려무나 말씀하시더니
든장질하는 지하방 할망구에게 덜컥 내어주곤
마음고생 이사 횟수 늘어날 때마다 보태지고

밀치락달치락 통화 소리
이내 모두숨을 쉬며 하는 말
주기는 준다는구먼,
아들 장사가 안 된다고 앓는 소리니
몇 년을 들어온 소리
얼마나 더 들어야 끝은 있을는지

모질지도 포기하지도 못하는 여린 가슴
묵나물 몇 망태
고사리 몇 덩이 이고 가신 장
손에 쥐어진 몇 푼, 이걸 사 볼라나
저걸 한번 먹어 볼라나
맥장꾼처럼 서성이며
통장 하나 까맣도록 참은 세월로
평생에 한번 쥐어본 모갯돈 내어준 마음고생

덧정 많은 우리 엄니
"그 할망구 곰팡이 지하방은 벗어나야 할 텐데
해독이나 되게 묵이나 몇 모 갖다줘라"

창문을 내다보는 백발 너머로
먼산주름은 엄니 세월인 양 첩첩

잿밥

어느 날
교회에 등록하더니

한 이레 지나
고해성사를 하고

초파일
연등을 켜는

먼 데서 이사온
다리 건너 떡집 남자

사냥개

첫 된내기 온 날
외지에서 지프차 한 대가 왔다
검은 안경을 쓰고
총을 든 놈이 내린다
아이들이 우르르 모여든다

사냥꾼은
사탕과 몇 푼의 지폐와
뜨거운 커피를 한 잔씩 준다

아이들은 사냥개가 되었다
이 골짝
저 갈대밭에서
어린 사냥개들이 뛴다

편지

해갈은 실골목 들어서는 우편배달부로부터 오고
딩금딩금 옹이로 남은 자리에 보내온 새짬 글
불가물에 모종비 내리어 속 풀린 들녘
저녁 바람은 소소소
읽어도 읽어도 그 편지는 청청

어느새 자전거 소리는 귀에 익어
당신 소식 있는 날엔
하늘마저 쟁명, 뿡 따는 엄니는 벙글고
날이면 날마다 문뱃내 나는
배달부 뒤통수엔 이 마음 머무는데

오늘도 우편배달부 자전거는
왔는감 갔는감

산나물

원추리 밀나물 움 돋는 산에
고사리 고비 도라지 마중하고
청미래순 으아리순 밀나물순 넌출진 습한 길에
잔대 멱취 청가시덩굴 제 빛깔로 여문다
고추나물 우산나물 산두릅 앞산 구릉
고라니 지난 자리에는
더덕싹 마싹 숨죽이고
참취 맑은대쑥 등골나물 새새이
삽주 가얌취 뚝갈나물 있어요

목이버섯 만난 운 좋은 날
서방 따라 조상묘 온 도시 아낙
산소 주변 맨 천지 나물 모르는 까막눈이
쇤 약쑥 뜯으며 물어오는 말
이거 먹는 것 맞나요?

사람아

캄캄한 밤 동해 작은 바닷가 갯바위
파도소리에 골몰한 사람아

천 번도 만 번도 밀려와
가슴 드러낸 사연마다 목이 타는 사람아

잘린 머리칼 쓸어 모아
천 올 만 올 엮어서 詩를 쓰는 사람아

동풍 사나운 그믐밤
꽃등을 켜들고 귀때기청봉 비추는 사람아

다시 캄캄한 밤
大洋의 물소리, 물소리에 넋을 놓고
강강, 중강 약, 파도소리 깨어지면
설악을 넘겨보는 사람아

북풍이 불면

슬픈 뭍 냄새
하여 쓸쓸한 사람아

청상 할매

탱탱 언 우거지 앞에서
청과시장 청상 할매
껴입은 누비 잠바 위로
무릎에 거적 덮고 떨어지는 해 비껴 보는데

구부러진 허리
반이 더 접혀
겨우 앉아서나 얼굴 알아챈다
개시 못할지언정
천사원 문전에 줄 선 일 없이
이천 원짜리 이동 국수 우물거리며
국수처럼 길고 찰진
살아온 날들에 목이 메이면
가랑거리는 가래 탓한다
남은 우거지 다발 천사원으로 보내고
뚝방길 지나 움막에 누우면
어서 오소 어서 오소
신랑은 진눈깨비로 내린다

사마귀

사마귀는 따뜻하고 바람 좋은 날
열성이방 창가에서
같은 시간에 부화해서
단지
버러지 몇 마리 먼저
잡았다는 이유만으로
제
형제자매를 족족 취한다
우성이방 창가에서

장대비

님이여
비가 내린다 하여
빗물처럼 눈물 흘리지 말아라
님이여
비가 내리는 날
마음의 문고리 걸어 방황하지 말아라
무장무장 장대비가 내리는 날
가슴에 비수를 꽂던 사악함을 도려내어
저 강물
소용돌이 속에 묻고
순결한 새살을 돋우어
님의 편안한 가슴이 되리니
마음의 문을 열어
장대비로 키운 꽃이 되거라
진정 소중한 일은
애만지어* 애모쁜** 것임을
언제나 장대비로 내리는
나의 사람아

* '애만지다'는 사랑하고 소중히 여겨 어루만지다의 의미.
** '애모쁘다'는 마음에 사무치게 그립고 정겹다의 의미.

춘정

목젖까지
꽉
차오른 말을 못해
그
집
앞
차마 돌아서는데
상량 올린 까치부부
나무 가지마다
날갯짓
몸 비비며
말하렴 말하렴

무욕과 겸허의 삶이 빚어낸
서정시의 듬직함

권 순 진(시인)

간절하면 통한다고 했다. 세상의 모든 성취는 알고 보면 간절함의 분신이다. 그 갈망을 대신하는 이름은 사랑이다. 간절함은 사랑의 은유이며 그래서 사랑이 위대한 까닭이다. 사랑이 이뤄지길 깊이 마음속에 품는 그 열망이야말로 꿈을 현실로 바꾸는 원동력이기도 하다. 다만 그 소망과 절실함에는 진정이 배어 있어야 한다. 소원을 비는 그 마음이 간절하고 진실하다면 우주의 기운은 그것에 우호적으로 반응한다. 이를 천지신명의 도움이라 해도 좋고 하느님의 응답이거나 부처님의 가피라 해도 무방하다.

윤일균 시인의 작품은 일상적인 삶을 비교적 솔직담백하게 진술하여 난해하지 않으면서도 충분히 시적이면서 온기를 품고 있어 넉넉하게 공감대를 이룬다. 그리고 운명의 한 순간

혹은 영혼의 한 순간을 드러내는 시와 행간에서 시인의 밀도 높은 삶을 짐작할 수 있으며 삶에 대한 시인의 진정을 읽어낼 수 있었다.

요즘은 불치라는 말을 갖다 붙일 수 없는 병이지만 시인은 몇 년 전 초기 위암 진단을 받고 이를 극복해내기 위해 거의 삶을 통째 리모델링하는 수준으로 생에 대한 태도를 바꾸었다. 따라서 그의 시들도 아프기 전과 아프고 난 이후로 나뉠 수 있다. 시는 시인을 닮는다고 한다. 시품은 곧 인품에서 나온다는 말도 있다. "인품은 정성스럽고 충성스러운 것을 으뜸으로 하며, 초연하고 높은 절개를 지닌 것을 다음으로 친다. 분주하게 다니면서 세속의 부귀를 좇는 자에 대해서는 말하지 않겠다." 고 청나라 때의 유희재는 말했다.

유희재의 생각이 순 엉터리가 아니라면 사람의 등급에 따라 시의 등급도 매겨진다는 말이다. 글은 곧 그 사람이므로 우리는 시를 통해서 인격을 만나고 그 인격과 소통한다. 자신의 존재에 대한 탐구와 삶을 대하는 자세가 읽힌다. 그리고 그 정신에서 생명을 엿듣고, 서정의 울림통 안에 담겨 있는 시인이 지향하는 가치도 어렴풋이 알게 된다.

본디 시인의 눈은 여사로 보는 것이 없다. 그것이 바로 세계와의 소통이고 타자를 향한 사랑에 기반을 둔 시인 특유의 시선이자 덕목이다. 윤일균 시인의 가치관도 자연의 질서에 순응하는 데 그 기초를 두고 있다. 자연의 질서를 그대로 존중하는 삶인데, 거기에 어떤 물리적 힘이 가해지면 그때부터 질서는 뒤틀리고 변질된다. 정신적 가치를 외면하고 줄기차게 편익을 추구하는 인간의 삶도 그렇다. 도대체 만족할 줄 모르는 인간의 욕망이 자연과 정신을 비틀어 놓는다. 시인은 이를 못 마땅히 여긴다.

윤일균의 시들은 이들 욕망의 대척점에서 놀라우리만큼 따스하고 진실한 언어로 얼핏 하찮게 보이는 생명들을 일깨운다. 사실성 짙은 질펀한 입담에 언어를 부리는 솜씨도 예사롭지 않다. 무엇보다 그의 서정성이 잘 녹아든 압축된 표현, 사물을 꿰뚫어보려는 관찰력, 긍정적이고 건강한 시 정신으로 풍경들에게서 한 올씩 날줄과 씨줄을 감아내고 있다.

시는 경험의 누적에 비례하거나 시간의 축적에 비례하지 않는다. 시는 서서히 스며들지 않으며 문득 다가오기 때문이다. 시가 온다고 미리 기별하는 것도 아니다. 그러나 언제 올지 모르는 시를 맞아들이기 위해서 꼭 필요한 자세가 있긴 있다. 그 가운데 하나가 자신을 에워싸고 있는 둘레의 모든 것들에 대한 지속적인 관심과 사랑 그리고 연민이다. 타자를 거리낌 없이 받아들이는 태도이다. 그것들과 심장의 높이가 맞닿은 진정성이 없으면 삶은 쉽지 않을 것이다. 타자를 끌어안는 너른 품의 온기 없이는 좋은 시는 더욱 불가능하리라.

뉴스는 말한다

기찻길 옆 작은 도랑에 가재가 산다 서울에,

군자교 아래 중랑천은 버들치 알 까고
청계천은 연어가 산란하러 때 지어 온다는 말이어서
차마, 믿을 수 없는데
年年이 가재를 본 역무원 손이 간 곳에
가재들의 도랑은 연연戀戀하다
노량한 앞걸음
비호같은 뒷걸음

도심 하늘 짙은 매연, 높은 마천루는
생명의 산으로, 나무로, 하늘로 변환되어
강변북로는 니일니일 가재들의 가장행렬 중
자연은 때마침 칠월의 진진초록
사람들은 저마다 가슴에
서울은 지금 희망색이라 쓰고
가로수 되어 거리마다 부푼 꽃 피운다

가재가 많이 살아 가좌동이라 불린다는
기찻길 옆 작은 도랑, 어쩜 그곳에
샘물이 솟아오르는 용천수, 정녕 거기에
산소酸素성姓의 가재는 똥을 싸고

희망이란 이름의 가재는 오줌을 싸니
밤마다 온몸을 빨간 빛으로 서울을 밝힌다

어느 날 가재 사는
기찻길 옆 작은 도랑에 공굴다리가 덮인다
사람들은 숨이 막히고, 칠흑처럼 어둔 밤이 되어
다들 죽어가는데 너의 서울은,
공굴다리 위엔 몇 대의 차만 서 있다
—「가재를 살려야 한다」, 전문

   우리가 살고 있는 세계는 사람은 물론 동식물과 무생물까지
도 함께 어우러진 생태계이다. 만일 이 생태계가 파괴되면
그 중의 일부일 따름인 인간 역시 파멸을 면치 못할 것이다.
이런 인식은 꽤나 강조되어 왔지만 여전히 생태계를 등한시하
는 일들은 버젓이 벌어진다. 인간들은 개발과 문명이라는 이름
으로 끊임없이 자신의 생존 터전인 지구환경을 파괴해왔다.
그동안 생태환경의 위기에 경종을 울리는 시들은 적지 않았으
며, 이 시 또한 그런 시라 하겠다.
   많은 사람들이 하루 종일 흙 한 번 밟아보지 못하는 경우가
허다한 서울의 도랑에서 가재가 출현했다니 놀라운 일이다.
도처 생태계의 파괴가 진행되는 가운데서 작은 희망의 불씨가
아닐 수 없다. "희망이란 이름의 가재는 오줌을 싸니" "밤마다

온몸을 빨간 빛으로 서울을 밝힌다" 그러나 안타깝게도 오래가지 못한다. '가재를 살려야 한다'고 목청을 높이지만 이 도시를 산업화 이전의 자연 상태로 되돌려놓자는 주장은 아니다.

자연과의 진정한 상생과 화해를 도모함이 소망스럽다. 생태계를 파괴의 위기로부터 건지기 위해서는 우리의 자연관을 새롭게 정립할 필요가 있다. 인간과 자연의 관계를 근본적으로 새롭게 성찰해야겠다. 현대문명의 이기와 폐해 그리고 무분별한 개발과 남용; 이에 따른 공해와 오염의 문제까지 살펴봐야한다. "사람들은 숨이 막히고, 칠흑처럼 어둔 밤이 되어 다들 죽어 가는데 너의 서울은, 공굴다리 위 몇 대의 차만 서 있"게 할 수는 없는 것이다.

폭격기가 빈 하늘을 찢습니다
천지간 쏟아지는 굉음에
혼을 잃은 지 오래
진위천 황구지천은 바다에 닿아
사람들 가슴속 종양으로 가득한데
야수의 눈빛
저 굴욕의 눈빛

철책은 언제나
바로 저기, 그대로인데

진창 뻘밭

어깨뼈 주저앉도록 지게질로 이룬 들판

저 노동의 땅은 삽과 곡괭이의 어머니

두 눈 부릅뜬 자식 앞에서

어머니의 자궁을 내어놓으라 한다

억만 년을 살아야 할 환희의 벌판을

전쟁기지로 쓰겠다 심장을 옥죄어 오는데

버들붕어, 버들치 한가롭고

새참 들고 텃논에 못줄 띄우던

철책 너머 옛집마저 그립거늘, 오늘 대추리는

평택호 물풀에는

토종고기 사냥하는 블루길이 휘젓고

황소개구리 커다란 입이 대지를 삼킨다

—「대추리 아리랑」, 전문

풍요로운 들녘에서 생명의 싹을 무참히 짓밟는 야만을 보았다. 삶의 기반을 무너뜨리는 생태계 교란이 외세에 의해 저질러졌다. 대추리는 경기도 평택에 위치한 마을로, 인근에 캠프 험프리라는 미군기지를 두고 있다. 농경지 바로 옆에 둘러쳐진 철조망과 낮게 나는 폭격기 소리가 그곳의 일상에 맴도는

긴장감을 실감케 한다. 1952년 미군기지 신설로 강제 추방된 주민들이 인근 땅과 갯벌을 개간하여 현재의 위치로 옮겨왔다.

한 번의 뼈아픈 추방을 경험한 마을이지만 또 다시 강제이주 대상 마을이 되었다. 용산 미군기지가 평택으로 이전하기로 결정되었고, 미군이 주둔국의 방위군을 넘어 아시아 지역 군대의 위상을 갖기로 협의됨에 따라 기지 확장이 필요해졌기 때문이다. 토지 강제수용에 대한 반발이 극심했고 떠나기를 거부하였다. 이 과정에서 정부 측의 중장비 동원과 무력행사가 이루어져 많은 주민들이 부상을 입는 사태가 벌어지기도 했다.

수십 년간 운명을 함께 하며 살아온 대추리 주민들의 각오는 남달랐다. "억만 년을 살아야 할 환희의 벌판을" "전쟁기지로 쓰겠다 심장을 옥죄어 오는데" 공동체가 파괴되는 꼴을 가만 보고만 있지 못했다. "올해도 농사짓자" 이 평범한 한 마디 구호가 주민들의 투쟁이 얼마나 절실한지를 잘 보여준다. 군사 논리에 의한 참혹한 삶의 유린을 온몸으로 거부한 「대추리 아리랑」. 이 시는 외래종 군사제국의 야만을 강력히 규탄하고 있다. 폭력과 야만의 끝은 자멸일 뿐이며, 제국은 언제나 망한다는 역사적 진리를 겸허히 받아들여야 한다.

　　파리에 달라붙은 개미
　　맥없이 손가락으로 개미를 비빈다

부슬비 오는 마당을 지렁이가 기어간다
맥없이 구둣발로 지렁이를 밟는다

이슬에 젖은 쌀잠자리 꼬리를 잘라
맥없이 시집을 보낸다

살다가 보니 살다가 보니
이 땅에 내가
개미요
지렁이요
잠자리인 것을

집개미 무리 지어 꿀병을 넘나들고
지렁이 어린 동생 고추 끝을 쏜대도
잠자리동동 파리동동 날아들어도

너희들이 나인 것을
내가 너희들인 것을
　　　　　　　　　—「어느 낮 뜨거운 날의 상념」, 전문

　인간을 비롯한 모든 생명체는 자연과 더불어 생존해왔고
장차에도 같은 지구 위에서 자연과 함께 살아가야 할 것이다.

「어느 낮 뜨거운 날의 상념」은 물질만능, 약육강식의 사회, 인간중심의 오만함을 되돌아보고 모든 생명체의 소중함을 일깨우며 뭇 생명들과 더불어 사는 삶을 터득한다. 인간의 무지와 탐욕으로 인해 다른 생명체들이 함부로 고통을 당해서는 안 될 일이다. 생명을 살상해서 인간 삶을 윤택하게 해야 한다는 것은 인간의 만용이다.

불가에서는 가능한 한 더운 여름에도 모기향을 피우지 않는다고 한다. 아무리 하찮은 존재도 '생명'이라는 차원에서는 똑같이 소중하다는 인식 때문이다. 생명 차원에서는 인간이나 개미 지렁이 잠자리가 모두 똑같이 소중한 존재라는 뜻이다. 내 생명이 소중한 만큼 모든 존재들은 저마다 자신의 생명을 소중히 여긴다. 꿈틀대는 지렁이조차 살기를 원하지 죽음을 바라지 않는다. 또 내가 고통을 바라지 않듯이 모든 존재가 고통을 원하지 않는다.

그래서 『법구경』에 이런 말씀이 있다. "살아 있는 모든 존재는 행복을 원한다. 내 생명을 소중히 여기듯 남을 해롭게 하지 말라." "내가 행복을 원하고 고통을 바라지 않는 것처럼, 다른 사람도 행복을 바라고 고통을 원하지 않는다." 세상엔 여리고 약한 모습으로 살아가는 사람들도 많다. 생명의 경이로움을 새삼 각성한다. 깨어 있고자 하는 정신으로 세상을 살아가야겠다. 시 한 편에서 번뜩 정신이 들고 시인의 끊임없는 정신의 표상이 느껴진다.

배가 고파 종기 달았나
종기 달아 배가 고팠나

왼 다래끼 형아
오른 다래끼 누이

깨진 사발 엎어서
싸리문 앞 개울 다리 위에 솥을 걸었다

지나다 솥단지 차는 사람아
내 종기를 가져가다오

눈꼽재기창으로 내다보는데
할머니 다리턱에 걸려 넘어지고

할머니 일으키던 형아와 누이
솥단지 걷어차고 따깨 되었네

—「따깨」, 전문

유년시절 눈까풀이 부어올라 눈가에 고름주머니가 달렸던
다래끼는 흔한 질환이었다. 위생환경이 좋지 않고 영양결핍 때문에 오는 현상으로 짐작된다. 요즘처럼 항생제나 점안연고 따위가 흔치 않았으니 민간요법 아니면 그저 세월이 약이었다. 민간요법 가운데는 내 다래끼를 남에게 살짝 떠넘기는 방법이 있다. 납작한 돌멩이에 다래끼가 난 쪽의 눈썹을 하나 떼어 얹고서 그 위에 다른 돌멩이를 눌러 '다래끼 무덤'을 만든다.

그리고 이 다래끼를 누가 좀 가져가게 해달라고 기도한다. 그러고 나서 몰래 숨어서 지켜본다. 다래끼 무덤을 발로 차는 사람에게 다래끼가 옮겨진다고 믿었기 때문이다. 혹여 평소에 밉상인 친구가 그걸 차는 모습이라도 본다면 속으로 '앗싸' 쾌재를 부르며 친구 눈에 달릴 밤송이만한 다래끼를 상상하기도 했으리라. 실제로 효험이 발휘되었는지는 알 수 없으나 그 과정을 즐기면서 까불다 보면 어느새 다래끼는 주저앉아 있었다.

요즘은 보고 듣기도 힘든 옛 추억들이다. 시에서는 돌멩이 대신 깨진 사발이 등장했다. 그런데 아뿔싸, 사발을 걸어둔 '형아'와 '누이'가 제 발로 걸어찼으니 효험이 통했다면 '왼 다래끼 형아'는 오른 다래끼가 되고, '오른 다래끼 누이'는 왼 다래끼로 위치 이동되었어야 마땅하다. '따깨'는 다래끼의 용인지방 사투리라고 한다. 시인은 경기도 용인이 고향으로 지금은 고향 인근의 광주에서 살고 있다. 어린 시절의 추억들은 이렇듯 시의 좋은 소재로 활용된다. 순수함과 유머감각이 결여되어 있으면 포착하기 힘든데 시집엔 이러한 시들이 가득

부려져 있다.

원추리 밀나물 움 돋는 산에
고사리 고비 도라지 마중하고
청미래순 으아리순 밀나물순 넌출진 습한 길에
잔대 멸취 청가시덩굴 제 빛깔로 여문다
고추나물 우산나물 산두릅 앞산 구릉
고라니 지난 자리에는
더덕싹 마싹 숨죽이고
참취 맑은대쑥 등골나물 새새이
삽주 가얌취 뚝갈나물 있어요

목이버섯 만난 운 좋은 날
서방 따라 조상묘 온 도시 아낙
산소 주변 맨 천지 나물 모르는 까막눈이
쉰 약쑥 뜯으며 물어오는 말
이거 먹는 것 맞나요?

—「산나물」, 전문

강원도 명봉산 아랫마을 '불편당'에는 목사 시인인 고진하 부부가 산다. 시인의 아내 권포근 씨는 '잡초 레시피'를 책으로 낼 만큼 잡초요리 전문가로 알려져 있다. 사람들이 무심코

밟고 지나가고 지천에 널리고 널린 것, 척박한 땅 길가에서도 꿋꿋이 살아남지만 농사꾼에게는 늘 천대받는 것, 짓밟힐수록 더 강해지는 것이 잡초지만 그들 부부는 '흔한 것이 귀한 것이다.'라며 우리가 알고 있는 대부분의 잡초는 귀한 먹을거리라고 힘주어 말한다.

윤일균 시인 역시 이 세상에 쓸모없는 식물은 없다고 생각하는 사람이다. 시인은 자신의 몸을 살리기 위해 걷는 동안 길가나 공원, 크고 작은 산지의 숲에서 수많은 야생화와 야생초를 만나고 이를 연구했다. 산과 들에서 자라는 풀꽃들의 생태적인 특징과 생활에 적용되는 쓰임새 등을 알아가는 재미에 푹 빠졌다. 그들과 교감하면서 절로 감흥이 일었다. 그 밑천으로 시인은 지금 '동네방네 마을학교'에서 생태숲 해설가로 맹활약 중이다.

아이들에게 자연을 가르치면서 보람을 느끼고 스스로 활력이 넘치는 생활을 누리고 있다. 아이들도 자연을 이해함으로써 자연의 소중함을 알아간다. 정서적으로 메말라가는 아이들에게 숲은 놀며 배울 수 있는 체험의 공간임을 보여준다. 작지만 소중한 것의 아름다움을 전해주고 더불어 아이들의 감성과 창의력을 북돋우어 준다. 숲과 산이 나와 동떨어진 공간이 아니라 나와 함께 이 도시 속에서 살아가는 소중한 생명의 공간임을 깨닫게 한다.

세상을 살아가며 직접 보고 겪고 느낀 현상과 사물을 시인이 지닌 언어의 프리즘으로 반사하는 행위가 시를 쓰는 일이다. 그러나 세상에는 우리가 경험할 수 없는 영역이 있음을 시인해야 한다. 요즈음 문득 경험치 밖의 것들을 이야기하는 일에 주저하게 된다. 텍스트의 분석에 애면글면하지 않고 하던 대로 첫 시집의 시편들을 '맛있게' 읽었다.

꽃나무에 꽃이 피는 가장 큰 이유는 미래를 만들기 위함이다. 꽃나무에게 미래란 바로 씨앗이다. 계절 따라 꽃이 피고지고 바람이 불면 나무도 흔들린다. 그러나 거기에도 삶이 있고 전략도 있다. 곤충을 부르고 씨앗을 맺고 그 씨앗을 흙에 묻어 다시 대를 이어야 하는 식물들의 치밀한 삶의 전략이다. 이러한 자연에게서 인간의 미래에 대한 예지를 얻는다. 자연친화적 삶은 사람에게 곧장 삶의 전략인 셈이다.

더 많은 것을 소유하고, 더 빨리 이루어야 한다는 욕망의 집착증과 속도의 강박증이 인간의 미래를 망칠지도 모른다. 이로부터 해방되고 자신의 욕망을 최소의 상태로 줄이려는 노력을 기울이지 않는다면 인간의 본 모습으로 돌아가는 길은 점점 더 아득해질 뿐이다. 욕망과 속도에 대해 저항하는 생활방식을 채택하지 않으면 인류의 미래는 어두울 수밖에 없다.

윤일균 시인의 삶의 전략은 덮어놓고 무언가를 소유하려는 욕망으로부터 스스로를 해방시키는 것이다. 그러므로 자연생태계와의 관계 속에서 이루어지는 그의 생활방식은 자연친화적이다. 길가 야생화를 제대로 보기 위해서는 몸을 낮추어야

한다. 자신을 낮추는 겸허의 삶을 살아갈 때 비로소 자연의
모든 생명체들과 친해질 수 있는 것이다. 무욕과 겸허는 시인의
내면세계 안에서 서로를 돕는 정신적 에너지 군이다. 그 에너지
를 통해 윤일균 서정시의 듬직함을 본다. 첫 시집의 상재를
축하한다.

돌모루 구렁이가 우는 날에는

초판 1쇄 발행 2019년 09월 18일
  2쇄 발행 2019년 10월 10일

지은이 윤일균
펴낸이 조기조
펴낸곳 도서출판 b

등록 2003년 2월 24일(제2006-000054호)
주소 08772 서울시 관악구 난곡로 288 남진빌딩 302호
전화 02-6293-7070(대) 팩시밀리 02-6293-8080
홈페이지 b-book.co.kr 이메일 bbooks@naver.com

ISBN 979-11-87036-90-6   03810

값_10,000원